GABRIELLE VINCENT

ERNEST ET CÉLESTINE
ont perdu Siméon

les Albums Casterman

Tu viens, Siméon ? Nous allons nous promener.

Une minute, Ernest. Nous sommes presque prêts.

Il fait froid, Célestine. Rentrons !

Viens Ernest, viens ! Il faut retrouver Siméon !

Sois raisonnable, Célestine, le soir tombe.

C'est ta faute, Ernest !

Ne pleure pas, Célestine !
Je le retrouverai demain, ton Siméon.

Oh ! il est tout abîmé !

Voyons…

Un pingouin ?

Mais il n'y a PAS de pingouin, Célestine !

C'est Siméon que je veux !

J'ai une idée, Célestine…

… dessine bien les pattes.

Ne viens pas. Je travaille.

Oh ! Siméon !

Ce soir, c'est la fête, Célestine !

Venez tous !

Chut ! Il faut dormir maintenant !

Célestine, tu m'aides à faire la vaisselle ?

Oh ! oui, Ernest !
Tous les jours si tu veux !

www.casterman.com

Achevé d'imprimer en février 2013, en Chine.
Dépôt légal : septembre 2011 ; D2011/0053/254
Déposé au ministère de la Justice (loi n° 49.956 du 16 juillet 1949
sur les publications destinées à la jeunesse).

ISBN 978-2-203-04012-0
N° d'édition : L.10EJDN000926.C002